_____ 님께 이 책을 드립니다.

윤동주를 쓰다

1판 1쇄 발행 2016년 2월 18일
1판 7쇄 발행 2023년 7월 14일

윤동주 저

기획 지도영
편집 이상윤
표지디자인 호기심고양이
본문디자인 위싱스타
사진 얼라우투 / 픽사베이

펴낸이 지도영
펴낸곳 북에다
출판등록 제 2015-000031호(2015.2.25.)
전화 070-4756-5081 / 팩스 02-6003-0063
이메일 bookedda@naver.com / **홈페이지** www.bookedda.com

Copyright ⓒ 2016 bookedda

ISBN 979-11-954894-7-3 04810

북에다는 호흡하듯 삶 속에서 책과 함께 하는 활동을 지향합니다.
북에다는 갖고 싶은 책, 가족과 친구와 함께 즐길 수 있는 책을 만듭니다.

하늘과 바람과 별과 詩

윤동주를 쓰다

BookEdda

시대를 아파하고
순수를 갈망했던

청년 윤동주 [尹東柱]

　시인 윤동주는 1917년 12월 30일 만주 북간도의 명동촌(明東村)에서 아버지 윤영석과
어머니 김용 사이의 장남으로 태어났다.　일찍부터 신학문을 받아들인 명동촌에서 기
독교도인 할아버지의 영향 아래 어린 시절을 보낸 윤동주는 14세에 명동소학교를 졸업
하고, 1933년 용정에 있는 은진중학교에 입학했다.

　15세 때부터 시작 활동을 시작한 윤동주는 1938년 서울 연희전문학교 문과에 입학했
다.　연희전문에서 수학한 4년간은 청년 윤동주의 시 세계가 영글어간 시기였다.　그것
은 식민 지배하의 참담한 민족의 현실에 눈 뜨는 과정이었고, 거기에 맞서 자신의 시
세계를 만들어가는 처절한 몸부림의 과정이기도 했다.　이 시기에 쓰인 19편의 작품을
모아 자선시집『하늘과 바람과 별과 詩』를 77부 한정판으로 출간하려 했으나 뜻을 이
루지 못했다.

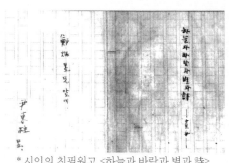

* 시인의 친필원고 <하늘과 바람과 별과 詩>

　1942년, 일본으로 건너가 도쿄 릿쿄대학 영문과와 쿄토의 도지샤대학 영문과에서 수학하던 윤동주는 이듬해 여름 방학을 맞아 고향으로 돌아갈 준비를 하던 중에 친구 송몽규 등과 함께 일본 경찰에 체포되었다. 조선의 독립과 민족 문화의 수호를 선동했다는 죄목으로 2년형을 선고받고 후쿠오카 형무소에서 복역하던 중 원인 불명의 사인으로 1945년 2월 16일 29세의 짧은 생을 마감하였다.

　윤동주 사후, 그의 자필 유작 3부와 다른 작품들을 모아 친구 정병욱과 동생 윤일주에 의해 1948년 『하늘과 바람과 별과 詩』라는 제목으로 정음사(正音社)에서 유고시집이 출간되었다. 그의 시에서 일제의 식민지배에 고통 받는 조국의 현실을 아파하고, 시대의 어둠 속에서도 티 없이 순수한 삶을 살아가고자 치열하게 성찰하는 청년 윤동주의 내면세계를 오롯이 엿볼 수 있다.

윤동주의 자취를 찾아서

-윤동주에 대해 더 알고 싶을 때 가보면 좋은 곳

윤동주문학관
서울시 종로구 창의문로 119(청운동)

시인 윤동주는 연희전문학교 문과 재학시절, 종로구 누상동에 있는 소설가 김송(金松. 1909-1988)의 집에서 문우(文友) 정병욱과 함께 하숙생활을 했다. 당시 시인은 종종 이곳 인왕산에 올라 시정(詩情)을 다듬곤 했다. <별 헤는 밤>, <자화상>, <또 다른 고향> 등 지금까지도 사랑받는 그의 대표작들을 바로 이 시기에 썼다. 그런 인연으로 종로구는 2012년, 인왕산 자락에 버려져있던 청운수도가압장을 개조해 윤동주문학관을 세웠다. 이 곳에서는 윤동주 시인의 사진 자료와 친필원고, 시집, 그리고 시인의 일대기에 관한 영상을 관람할 수 있다.

윤동주기념사업회

서울시 서대문구 성산로 262 연세대학교 문과대학

시인 윤동주는 1938년 봄부터 1941년 겨울까지 지금의 연세대학교인 연희전문학교 문과에 재학하였다. 연세대학교는 시인 윤동주의 시정신과 문학적 업적을 기리고 계승하기 위해 2000년 11월 27일 윤동주기념사업회를 조직하였고 윤동주 시문학상, 윤동주 기념강좌 및 시 암송대회 등 시인을 기리는 다양한 사업을 해오고 있다.

윤동주 기념실

연세대학교 핀슨홀 2층

2004년 4월 6일 처음 개관한 윤동주기념실은 연세대학교 창립 115주년인 2007년 5월 13일 기존의 기념실을 새롭게 구성해 재개관하였다. 이곳에는 윤동주 시인과 관련된 사진 자료 및 서적들이 전시되어 있다. 핀슨홀은 윤동주 시인이 연희전문학교 재학시절 기숙사로 사용했던 건물로 시작(詩作)의 산실이라 할 수 있는데 이런 연유로 윤동주의 시비 또한 핀슨홀 앞뜰에 건립(1968년)되어 수많은 내외국인이 시인의 자취를 찾기위해 이 곳을 찾고 있다.

윤동주의 자취를 찾아서

-역사 속에 남아있는 윤동주의 흔적

윤동주 생가 - 중국 지린성 옌지시 용정(현재 조선족 자치구)

연희 전문 시절 - 윤동주가 생활하던 기숙사 (핀슨홀) 전경

일본 교토 도지샤대학교 내 윤동주 시비

일본 후쿠오카 형무소 - 수감 10개월만에 숨진 곳

윤동주 묘비 - 중국 지린성 옌지시 용정 소재

'느림과 수고로움의 아날로그 감성이
　　　우리에게 전해주는 따뜻한 위로와 치유'

　　디지털 시대로의 급격한 변화와 어지러울 만큼 빠른 삶의 속도에 지친 우리들에게 요 근래 삶의
작은 휴식처럼 찾아온 것이 바로 '느림과 수고로움의 문화 활동'이다. 어린이들의 전유물로 여겨
지던 색칠놀이에 열중하고, 장난감을 직접 조립하고 피규어 상품을 수집하기도 하고, 다이어리
를 손수 예쁘게 꾸미면서 일상 속의 답답하고 복잡한 마음을 잠시나마 내려놓는 것이다. 고성능
컴퓨터와 터치패드로 광속으로 세상과 접속하는 시대에 오히려 이런 느림과 수고로움 속으로 스
스로 들어가는 것은 언뜻 역설적이게도 보이지만 마음 속 한켠에 조용히 웅크린 '어린 나'처럼, 나
이 들어가면서 잃어버린 무언가를 찾아 헤매는 또 다른 우리들의 모습이기도 하다.

　　이제 단순히 세상의 흐름을 허겁지겁 쫓아가던 것에서 벗어나 점점 더 많은 사람들이 자기 삶에
쉼과 여유를 가져다주는 자기만의 방법을 찾고 있고, 그 한 흐름으로 '필사'가 있다. 문명의 발생
과 더불어 지식 전달의 주요 수단으로 수 천 년에 이르는 오랜 역사를 가진 필사가 현대에 와서는
필사가 가진 '위로'와 '치유'의 효과가 주목되기 시작한 것이다. 사람들은 필사에 몰입하면서 다른
생각을 떨침과 동시에 '베껴 쓰는' 단순하고 느린 작업을 통해 마음의 정화와 이완을 얻는다. 이 외
에도 필사를 함으로써 얻게 되는 다양한 이점이 있는데, 손끝으로 전해오는 필기구와 종이의 감
촉을 느끼면서 원문의 글귀의 의미를 음미하고 사색할 수 있는 시간도 가질 수 있고 명상하는 듯
한 자 한 자 따라 쓰다 보면 내면의 집중력도 키울 수 있다. 예쁘게 쓰지 않아도, 깔끔하게 쓰지 않
아도 좋다. 필사를 하는 과정에서 잠시라도 모든 것을 내려놓고 내면을 정화하는 시간을 가질 수
있다면 그것만으로도 충분하다.

『윤동주를 쓰다 - 하늘과 바람과 별과 詩』는 윤동주의 주옥같은 작품 60편을 엄선해 수록했다. 소년의 장난기가 묻어나는 짓궂은 시, 소녀를 그리워하는 애달픈 연정의 마음, 삭막한 이국에서 더해가는 가족과 고향에 대한 절절한 그리움, 그리고 티 없이 순수한 삶에 대한 동경과 식민지 청년의 고뇌 등 문학청년 윤동주의 다양한 감성을 엿볼 수 있는 다양한 시들과 <서시>, <별 헤는 밤>, <참회록>, <자화상>, <십자가> 등 보석 같은 그의 대표작들도 알차게 수록되어 있어 필사를 통해 마치 그 시대의 윤동주와 마주앉아 교감하는 듯한 느낌을 오롯이 맛볼 수 있다.

남녀노소 누구나 윤동주의 시를 좋아하고 또 공감할 수 있는 것은 무엇보다도 그의 시에서 느껴지는 순수함과 서정성 때문일 것이다. 그것은 나이가 들고 삶에 치이면서 점점 잃어가고 있는 우리 내면의 그 무엇이기도 할 것이다. '죽는 날까지 하늘을 우러러 한 점 부끄럼이 없기를' 바랐던 시인의 마음처럼, 우리도 수많은 별들이 반짝이는 밤하늘을 경탄과 신비로움으로 쳐다보던 티 없이 맑고 순수했던 그 시절의 나로 다시 한번 돌아가보자. 그리고 윤동주의 시를 천천히 필사하면서 우리의 어린 시절, 그 순수했던 감수성을 되살려본다면, 지치고 상처받은 스스로에게 잊고 있었던 아날로그 감성이 가져다주는 따스한 위안과 치유라는 소박하고도 소중한 선물을 선사할 수 있을 것이다.

편집부

일러두기

1. 이 책에 수록된 시인의 시는 『정본 윤동주 전집』(문학과 지성사, 2004)을 저본으로 삼았
   으며 그 외의 여러 판본을 참고했습니다.

2. 시는 현재의 한글 맞춤법에 가깝게 표기되었으나 시의 운율이나 어감을 살릴 필요가 있는
   경우 옛말이나 사투리를 원전 그대로 수록했습니다.

   * 윤동주 자료 사진 제공 – <윤동주기념사업회>

목차

어린시절의 윤동주

명동소학교 시절

숭실중학교 전경

숭실중학 시절(맨 오른쪽이 윤동주)

내를 건너서 숲으로
고개를 넘어서 마을로
어제도 가고 오늘도 갈
나의 길 새로운 길

새로운 길

내를 건너서 숲으로
고개를 넘어서 마을로

어제도 가고 오늘도 갈
나의 길 새로운 길

민들레가 피고 까치가 날고
아가씨가 지나고 바람이 일고

나의 길은 언제나 새로운 길
오늘도…… 내일도……

내를 건너서 숲으로
고개를 넘어서 마을로

_ 1938. 5. 10.

종달새

종달새는 이른 봄날
질디진 거리의 뒷골목이
싫더라.
명랑한 봄 하늘,
가벼운 두 나래를 펴서
요염한 봄노래가
좋더라.
그러나,
오늘도 구멍 뚫린 구두를 끌고,
훌렁훌렁 뒷거리 길로,
고기 새끼 같은 나는 헤매나니,
나래와 노래가 없음인가,
가슴이 답답하구나.

_ 1936. 3월.

바다

실어다 뿌리는
바람조차 씨원타.

솔나무 가지마다 샛춤히
고개를 돌리어 뻐드러지고,

밀치고
밀치운다.

이랑을 넘는 물결은
폭포처럼 피어오른다

해변에 아이들이 모인다
찰찰 손을 씻고 굽으로,

바다는 자꾸 설워진다.
갈매기의 노래에……

돌아다보고 돌아다보고
돌아가는 오늘의 바다여!

_1937. 9월.

양지쪽

저쪽으로 황토 실은 이 땅 봄바람이
호인(胡人)의 물레바퀴처럼 돌아 지나고,
아롱진 사월 태양의 손길이
벽을 등진 설운 가슴마다 올올이 만진다.

지도째기놀음에 뉘 땅인 줄 모르는 애 둘이,
한 뼘 손가락이 짧음을 한(恨)함이여.

아서라! 가뜩이나 엷은 평화가,
깨어질까 근심스럽다.

_ 1936년 봄.

십자가

쫓아오던 햇빛인데
지금 교회당 꼭대기
십자가에 걸리었습니다.

첨탑이 저렇게도 높은데
어떻게 올라갈 수 있을까요.

종소리도 들려오지 않는데
휘파람이나 불며 서성거리다가,

괴로웠던 사나이,
행복한 예수·그리스도에게
처럼
십자가가 허락된다면

모가지를 드리우고
꽃처럼 피어나는 피를
어두워가는 하늘 밑에
조용히 흘리겠습니다.

_ 1941. 5. 31.

봄 2

봄이 혈관 속에 시내처럼 흘러
돌, 돌, 시내 가까운 언덕에
개나리, 진달래, 노 ── 란 배추꽃,

삼동을 참아온 나는
풀포기처럼 피어난다.

즐거운 종달새야
어느 이랑에서나 즐거웁게 솟쳐라.

푸르른 하늘은
아른, 아른, 높기도 한데……

_1942. 6월.(추정)

돌아와 보는 밤

    세상으로부터 돌아오듯이 이제 내 좁은 방에 돌아와 불을 끄옵니다. 불을 켜 두는 것은 너무나 피로롭은 일이옵니다. 그것은 낮의 연장이옵기에 ——

    이제 창을 열어 공기를 바꾸어 들여야 할 텐데 밤을 가만히 내다보아야 방 안과 같이 어두워 꼭 세상 같은데 비를 맞고 오던 길이 그대로 빗속에 젖어 있사옵니다.

    하루의 울분을 씻을 바 없어 가만히 눈을 감으면 마음속으로 흐르는 소리, 이제, 사상이 능금처럼 저절로 익어 가옵니다.

_ 1941. 6월.

산림

시계가 자근자근 가슴을 때려
하잔한 마음을 산림이 부른다.

천년 오랜 연륜에 짜든 유적(幽寂)한 산림이
고달픈 한 몸을 포옹할 인연을 가졌나 보다.

산림의 검은 파동 위로부터
어둠은 어린 가슴을 짓밟는다.

발걸음을 멈추어
하나, 둘, 어둠을 헤아려본다
아득하다

문득 이파리 흔드는 저녁바람에
솨 ── 무섬이 옮아오고

멀리 첫여름의 개구리 재질댐에
흘러간 마을의 과거가 아질타.

가지, 가지 사이로 반짝이는 별들만이
새날의 향연으로 나를 부른다.

_ 1936. 6. 26.

모란봉에서

앙당한 솔나무 가지에,
훈훈한 바람의 날개가 스치고,
얼음 섞인 대동강 물에
한나절 햇발이 미끄러지다.

허물어진 성터에서
철모르는 여아들이
저도 모를 이국말로,
재질대며 뜀을 뛰고.

난데없는 자동차가 밉다.

_ 1936. 3. 24.

사랑의 전당

순(順)아 너는 내 전(殿)에 언제 들어왔던 것이냐?
내사 언제 네 전에 들어갔던 것이냐?

우리들의 전당은
고풍한 풍습이 어린 사랑의 전당

순아 암사슴처럼 수정(水晶) 눈을 내려 감아라.
난 사자처럼 엉클린 머리를 고르련다.

우리들의 사랑은 한낱 벙어리였다.

청춘!
성스런 촛대에 열(熱)한 불이 꺼지기 전
순아 너는 앞문으로 내달려라.

어둠과 바람이 우리 창에 부닥치기 전
나는 영원한 사랑을 안은 채
뒷문으로 멀리 사라지련다.

이제
네게는 삼림 속의 아늑한 호수가 있고,
내게는 준험한 산맥이 있다.

_ 1938. 6. 19.

이적

발에 터분한 것을 다 빼어버리고
황혼이 호수 위로 걸어오듯이
나도 사뿐사뿐 걸어보리이까?

내사 이 호숫가로
부르는 이 없이
불리어 온 것은
참말 이적(異蹟)이외다.

오늘따라
연정, 자홀(自惚), 시기, 이것들이
자꾸 금메달처럼 만져지는구려

하나, 내 모든 것을 여념 없이
물결에 써서 보내려니
당신은 호면(湖面)으로 나를 불러내소서.

_ 1938. 6. 19.

쉽게 씌어진 시

창밖에 밤비가 속살거려
육첩방은 남의 나라,

시인이란 슬픈 천명인 줄 알면서도
한 줄 시를 적어 볼까,

땀내와 사랑 내 포근히 품긴
보내 주신 학비 봉투를 받아

대학 노 ─ 트를 끼고
늙은 교수의 강의 들으러 간다.

생각해보면 어린 때 동무들
하나, 둘, 죄다 잃어버리고

나는 무얼 바라
나는 다만, 홀로 침전하는 것일까?

인생은 살기 어렵다는데
시가 이렇게 쉽게 씌어지는 것은
부끄러운 일이다.

육첩방은 남의 나라.
창밖에 밤비가 속살거리는데,

등불을 밝혀 어둠을 조금 내몰고,
시대처럼 올 아침을 기다리는 최후의 나,

나는 나에게 작은 손을 내밀어
눈물과 위안으로 잡는 최초의 악수.

_ 1942. 6. 3.

바람이 불어

바람이 어디로부터 불어와
어디로 불려 가는 것일까,

바람이 부는데
내 괴로움에는 이유가 없다.

내 괴로움에는 이유가 없을까,

단 한 여자를 사랑한 일도 없다.
시대를 슬퍼한 일도 없다.

바람이 자꾸 부는데
내 발이 반석 위에 섰다.

강물이 자꾸 흐르는데
내 발이 언덕 위에 섰다.

_ 1941. 6. 2.

비 오는 밤

쏴 ─ 철석! 파도 소리 문살에 부서져
잠 살포시 꿈이 흩어진다.

잠은 한낱 검은 고래 떼처럼 살래여,
달랠 아무런 재주도 없다.

불을 밝혀 잠옷을 정성스레 여미는
삼경(三更).
염원.

동경(憧憬)의 땅 강남에 또 홍수질 것만 싶어,
바다의 향수보다 더 호젓해진다.

_ 1938. 6. 11.

초 한 대

초 한 대—
내 방에 풍긴 향내를 맡는다.

광명의 제단이 무너지기 전
나는 깨끗한 제물을 보았다.

염소의 갈비뼈 같은 그의 몸,
그리고도 그의 생명인 심지(心志)까지
백옥 같은 눈물과 피를 흘려,
불살라버린다.

그리고도 책머리에 아롱거리며
선녀처럼 촛불은 춤을 춘다.

매를 본 꿩이 도망가듯이
암흑이 창구멍으로 도망간
나의 방에 풍긴
제물의 위대한 향내를 맛보노라.

_ 1934. 12. 24.

연희전문학교 전경

연희숲에서 친구들과 함께
(서있는 사람 중 왼쪽에서 두번째가 윤동주)

연희전문시절의 윤동주

연희전문 졸업 사진

내가 오래 기르던 여원 독수리야
와서 뜯어 먹어라, 시름없이

너는 살지고

나는 여위어야지

아침

휙, 휙, 휙 소꼬리가 부드러운 채찍질로 어둠을 쫓아,
캄, 캄, 캄, 어둠이 깊다 깊다 밝으오.

이제 이 동리의 아침이,
풀살 오른 소 엉덩이처럼 기름지오
이 동리 콩죽 먹는 사람들이,
땀물을 뿌려 이 여름을 자래웠소.

잎, 잎, 풀잎마다 땀방울이 맺혔소.
여보! 여보! 이 모든 것을 아오.

_ 1936년.

황혼이 바다가 되어

하루도 검푸른 물결에
흐느적 잠기고…… 잠기고……

저 ─ 웬 검은 고기 떼가
물든 바다를 날아 횡단할꼬.

낙엽이 된 해초
해초마다 슬프기도 하오.

서창(西窓)에 걸린 해말간 풍경화,
옷고름 너어는 고아의 설움

이제 첫 항해하는 마음을 먹고
방바닥에 나뒹구오…… 뒹구오………

황혼이 바다가 되어
오늘도 수많은 배가
나와 함께 이 물결에 잠겼을 게오.

_1937. 1월.

거짓부리

똑, 똑, 똑,
문 좀 열어주셔요.
하룻밤 자고 갑시다.
        밤은 깊고 날은 추운데,
        거, 누굴까 ?
문 열어 주구 보니,
검둥이의 꼬리가,
거짓부리한걸.

꼬기요, 꼬기요,
닭알 낳았다.
간난아 ! 어서 집어 가거라
        간난이 뛰어가 보니,
        닭알은 무슨 닭알.
고놈의 암탉이
대낮에 새빨간
거짓부리한걸.

_ 1937년 초.(추정)

소년

　여기저기서 단풍잎 같은 슬픈 가을이 뚝뚝 떨어진다. 단풍잎 떨어져 나온 자리마다 봄을 마련해놓고 나뭇가지 위에 하늘이 펼쳐 있다. 가만히 하늘을 들여다보려면 눈썹에 파란 물감이 든다. 두 손으로 따뜻한 볼을 씻어 보면 손바닥에도 파란 물감이 묻어난다. 다시 손바닥을 들여다본다. 손금에는 맑은 강물이 흐르고, 맑은 강물이 흐르고, 강물 속에는 사랑처럼 슬픈 얼굴 ― 아름다운 순이의 얼굴이 어린다. 소년은 황홀히 눈을 감아본다. 그래도 맑은 강물은 흘러 사랑처럼 슬픈 얼굴 ― 아름다운 순이의 얼굴은 어린다.

_ 1939년.

64 。

귀뚜라미와 나와

귀뚜라미와 나와
잔디밭에서 이야기했다.

　귀뚤귀뚤
　귀뚤귀뚤

아무에게도 알려주지 말고
우리 둘만 알자고 약속했다.

　귀뚤귀뚤
　귀뚤귀뚤

귀뚜라미와 나와
달 밝은 밤에 이야기했다.

_ 1938년경. (추정)

소낙비

번개, 뇌성, 왁자지근 뚜드려
먼 도회지에 낙뢰가 있어만 싶다.

벼룻장 엎어논 하늘로
살 같은 비가 살처럼 쏟아진다.

손바닥 만한 나의 정원이
마음같이 흐린 호수 되기 일쑤다.

바람이 팽이처럼 돈다.
나무가 머리를 이루 잡지 못한다.

내 경건한 마음을 모셔 들여
노아 때 하늘을 한 모금 마시다.

_ 1937. 8. 9.

야행(夜行)

정각! 마음이 아픈 데 있어 고약을 붙이고
시든 다리를 끄을고 떠나는 행장,
── 기적이 들리잖게 운다.
사랑스런 여인이 타박타박 땅을 굴려 쫓기에
하도 무서워 상가교를 기어 넘다.
── 이제로부터 등산 철도.
이윽고 사색의 포플러 터널로 들어간다.
시라는 것을 반추하다 마땅히 반추하여야 한다.
── 저녁 연기가 놀로 된 이후.
휘파람 부는 햇귀뚜라미의
노래는 마디마디 끊어져
그믐달처럼 호젓하게 슬프다.
늬는 노래 배울 어머니도 아버지도 없나 보다
── 늬는 다리 가는 쪼그만 보헤미안.
내사 보리밭 동리에 어머니도
누나도 있다.
그네는 노래 부를 줄 몰라
오늘밤도 그윽한 한숨으로 보내리니 ──
그믐달아! 나와 같이 다음 날 아침에 도착하자!

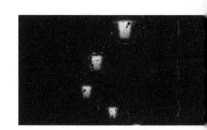

_ 1937. 7. 26.

간

바닷가 햇빛 바른 바위 위에
습한 간을 펴서 말리우자,

코카서스 산중에서 도망해온 토끼처럼
둘러리를 빙빙 돌며 간을 지키자.

내가 오래 기르던 여윈 독수리야!
와서 뜯어 먹어라, 시름없이

너는 살지고
나는 여위어야지, 그러나,

거북이야!
다시는 용궁의 유혹에 안 떨어진다.

프로메테우스 불쌍한 프로메테우스
불 도적한 죄로 목에 맷돌을 달고
끝없이 침전하는 프로메테우스.

_ 1941. 11. 29.

무서운 시간

거 나를 부르는 것이 누구요.

가랑잎 이파리 푸르러 나오는 그늘인데,
나 아직 여기 호흡이 남아 있소.

한번도 손들어보지 못한 나를
손들어 표할 하늘도 없는 나를

어디에 내 한 몸 둘 하늘이 있어
나를 부르는 것이오.

일이 마치고 내 죽는 날 아침에는
서럽지도 않은 가랑잎이 떨어질텐데……

나를 부르지 마오.

_ 1941. 2. 7.

굴뚝

산골짜기 오막살이 낮은 굴뚝엔
몽긔몽긔 웬 내굴 대낮에 솟나.

감자를 굽는 게지, 총각 애들이
깜박깜박 검은 눈이 모여 앉아서,
입술이 꺼멓게 숯을 바르고,
옛 이야기 한 커리에 감자 하나씩.

산골짜기 오막살이 낮은 굴뚝엔
살랑살랑 솟아나네 감자 굽는 내.

_ 1936년 가을.

눈 오는 지도

순이가 떠난다는 아침에 말 못 할 마음으로 함박눈이 내려, 슬픈 것처럼 창밖에 아득히 깔린 지도 위에 덮인다.

방 안을 돌아다보아야 아무도 없다. 벽과 천장이 하얗다. 방 안에까지 눈이 내리는 것일까, 정말 너는 잃어버린 역사처럼 홀홀히 가는 것이냐, 떠나기 전에 일러둘 말이 있던 것을 편지를 써서도 네가 가는 곳을 몰라 어느 거리, 어느 마을, 어느 지붕 밑, 너는 내 마음속에만 남아 있는 것이냐, 네 쪼그만 발자국을 눈이 자꼬 내려 덮여 따라갈 수도 없다. 눈이 녹으면 남은 발자국 자리마다 꽃이 피리니, 꽃 사이로 발자국을 찾아 나서면 일년 열두 달 하냥 내 마음에는 눈이 내리리라.

_ 1941. 3. 12.

장

이른 아침 아낙네들은 시든 생활을
바구니 하나 가득 담아 이고……
업고 지고…… 안고 들고……
모여드오 자꾸 장에 모여드오.

가난한 생활을 골골이 벌여놓고
밀려가고…… 밀려오고………
저마다 생활을 외치오…… 싸우오.

온 하루 올망졸망한 생활을
되질하고 저울질하고 자질하다가
날이 저물어 아낙네들이
쓸은 생활과 바꾸어 또 이고 돌아가오.

_ 1937년 봄.

애기의 새벽

우리 집에는
닭도 없단다.
다만
애기가 젖 달라 울어서
새벽이 된다.

우리 집에는
시계도 없단다.
다만
애기가 젖 달라 보채어
새벽이 된다.

_ 1938년.(추정)

아우의 인상화(印像畵)

붉은 이마에 싸늘한 달이 서리어
아우의 얼굴은 슬픈 그림이다.

발걸음을 멈추어
살그머니 애딘 손을 잡으며
"너는 자라 무엇이 되려니"

"사람이 되지"
아우의 설운 진정코 설운 대답이다.

슬며 — 시 잡았던 손을 놓고
아우의 얼굴을 다시 들여다본다.

싸늘한 달이 붉은 이마에 젖어,
아우의 얼굴은 슬픈 그림이다.

_ 1938. 9. 15.

닭 1

한 칸 계사 그 너머 창공이 깃들어
자유의 향토를 잊은 닭들이
시든 생활을 주절대고,
생산의 고로(苦勞)를 부르짖었다.

음산한 계사에서 쏠려 나온
외래종 레그혼,
학원(學園)에서 새무리가 밀려 나오는
삼월의 맑은 오후도 있다

닭들은 녹아드는 두엄을 파기에
아담한 두 다리가 분주하고
굶주렸던 주두리가 바지런하다.
두 눈이 붉게 여물도록 ──

_ 1936년 봄.

릿쿄대학시절 윤동주

릿쿄대학 전경

도지샤대학시절 - 윤동주의 마지막 사진

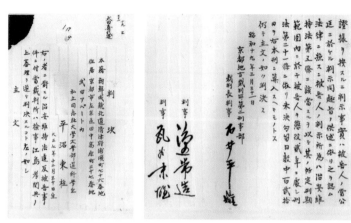

윤동주의 판결문

윤동주의 장례식

별 하나에 추억과
별 하나에 사랑과
별 하나에 쓸쓸함과
별 하나에 동경과
별 하나에 시와
별 하나에 어머니
어머니

또 다른 고향

고향에 돌아온 날 밤에
내 백골이 따라와 한방에 누웠다.

어두운 방은 우주로 통하고
하늘에선가 소리처럼 바람이 불어온다.

어둠 속에 곱게 풍화 작용하는
백골을 들여다보며
눈물짓는 것이 내가 우는 것이냐
백골이 우는 것이냐
아름다운 혼이 우는 것이냐

지조 높은 개는
밤을 새워 어둠을 짖는다.

어둠을 짖는 개는
나를 쫓는 것일 게다.

가자 가자
쫓기우는 사람처럼 가자
백골 몰래
아름다운 또 다른 고향에 가자.

_1941. 9월.

풍경

봄바람을 등진 초록빛 바다
쏟아질 듯 쏟아질 듯 위태롭다.

잔주름 치마폭의 두둥실거리는 물결은,
오스라질 듯 한껏 경쾌롭다.

마스트 끝에 붉은 깃발이
여인의 머리칼처럼 나부낀다.
※   ※
이 생생한 풍경을 앞세우며 뒤세우며
온 하루 거닐고 싶다.

— 우중충한 오월 하늘 아래로,
— 바다 빛 포기 포기에 수놓은 언덕으로,

_ 1937. 5. 29.

코스모스

청초한 코스모스는
오직 하나인 나의 아가씨,

달빛이 싸늘히 추운 밤이면
옛 소녀가 못 견디게 그리워
코스모스 핀 정원으로 찾아간다.

코스모스는
귀또리 울음에도 수줍어지고,

코스모스 앞에 선 나는
어렸을 적처럼 부끄러워지나니,

내 마음은 코스모스의 마음이요.
코스모스의 마음은 내 마음이다.

_ 1938. 9. 20.

창

쉬는 시간마다
나는 창 역흐로 합니다.

── 창은 산 가르침.

이글이글 불을 피워주소,
이 방에 찬 것이 서럽습니다.

단풍잎 하나
맴도나 보니
아마도 자그마한 선풍이 인 게외다.

그래도 싸느란 유리창에
햇살이 쨍쨍한 무렵,
상학종(上學鐘)이 울어만 싶습니다.

_ 1937. 10월.

위로

　거미란 놈이 흉한 심보로 병원 뒤뜰 난간과 꽃밭 사이 사람 발이 잘 닿지 않는 곳에 그물을 쳐놓았다. 옥외 요양을 받는 젊은 사나이가 누워서 치어다보기 바르게 ──

　나비가 한 마리 꽃밭에 날아들다 그물에 걸리었다. 노 ── 란 날개를 파득거려도 파득거려도 나비는 자꾸 감기우기만 한다. 거미가 쏜살같이 가더니 끝없는 끝없는 실을 뽑아 나비의 온몸을 감아버린다. 사나이는 긴 한숨을 쉬었다.

　나[歲]보담 무수한 고생 끝에 때를 잃고 병을 얻은 이 사나이를 위로할 말이 ── 거미줄을 헝클어버리는 것밖에 위로의 말이 없었다.

_ 1940. 12. 3.

조개껍질

— 바닷물 소리 듣고 싶어

아롱아롱 조개껍데기
울 언니 바닷가에서
주워 온 조개껍데기

여긴 여긴 북쪽 나라요
조개는 귀여운 선물
장난감 조개껍데기.

데굴데굴 굴리며 놀다,
짝 잃은 조개껍데기
한 짝을 그리워하네

아롱아롱 조개껍데기
나처럼 그리워하네
물소리 바닷물 소리.

_1935. 12월.

버선본

어머니!
누나 쓰다 버린 습자지는
두어둬서 뭘 합니까?

그런 줄 몰랐더니
습자지에다 내 버선 놓고
가위로 오려
버선본 만드는걸.

어머니!
내가 쓰다 버린 몽당연필은
두어둬서 뭘 합니까

그런 줄 몰랐더니
천 위에다 버선본 놓고
침 발라 점을 찍곤
내 버선 만드는걸.

_ 1936. 12월 초.

별 헤는 밤

계절이 지나가는 하늘에는
가을로 가득 차 있습니다.

나는 아무 걱정도 없이
가을 속의 별들을 다 헤일 듯합니다.

가슴속에 하나 둘 새겨지는 별을
이제 다 못 헤는 것은
쉬이 아침이 오는 까닭이요,
내일 밤이 남은 까닭이요,
아직 나의 청춘이 다하지 않은 까닭입니다.

별 하나에 추억과
별 하나에 사랑과
별 하나에 쓸쓸함과
별 하나에 동경과
별 하나에 시와
별 하나에 어머니, 어머니,

　어머님, 나는 별 하나에 아름다운 말 한마디씩 불러 봅니다. 소학교 때 책상을 같이 했던 아이들의 이름과, 패(佩), 경(鏡), 옥(玉) 이런 이국 소녀들의 이름과 벌써 애기 어머니 된 계집애들의 이름과, 가난한 이웃사람들의 이름과, 비둘기, 강아지, 토끼, 노새, 노루, '프랑시스 잠' '라이너 마리아 릴케', 이런 시인의 이름을 불러봅니다.

이네들은 너무나 멀리 있습니다.
별이 아슬히 멀듯이,

어머님,
그리고 당신은 멀리 북간도에 계십니다.

나는 무엇인지 그리워
이 많은 별빛이 내린 언덕 위에
내 이름자를 써보고,
흙으로 덮어버리었습니다.

딴은 밤을 새워 우는 벌레는
부끄러운 이름을 슬퍼하는 까닭입니다.

그러나 겨울이 지나고 나의 별에도 봄이 오면
무덤 위에 파란 잔디가 피어나듯이
내 이름자 묻힌 언덕 위에도
자랑처럼 풀이 무성할 게외다.

_ 1941. 11. 5.

반딧불

가자, 가자, 가자,
숲으로 가자.
달 조각을 주우러
숲으로 가자

　　그믐밤 반딧불은
　　부서진 달 조각

　　가자, 가자, 가자,
　　숲으로 가자.
　　달 조각을 주우러
　　숲으로 가자.

_1937년 초.(추정)

곡간(谷間)

산들이 두 줄로 줄달음질 치고
여울이 소리쳐 목이 잦았다.
한여름의 햇님이 구름을 타고
이 골짜기를 빠르게도 건너련다.

산등아리에 송아지 뿔처럼
울뚝불뚝히 어린 바위가 솟고,
얼룩소의 보드러운 털이
산등서리에 퍼 —— 렇게 자랐다.

삼 년 만에 고향 찾아드는
산골 나그네의 발걸음이
타박타박 땅을 고눈다.
벌거숭이 두루미 다리같이……

헌 신짝이 지팡이 끝에
모가지를 매달아 늘어지고,
까치가 새끼의 날발을 태우려
푸르룩 저 산에 날 뿐 고요하다.

갓 쓴 양반 당나귀 타고 모른 척 지나고,
이 땅에 드물던 말 탄 섬나라 사람이
길을 묻고 지남이 이상한 일이다.
다시 골짝은 고요하다 나그네의 마음보다.

_ 1936년 여름.

병원

    살구나무 그늘로 얼굴을 가리고, 병원 뒤뜰에 누워, 젊은 여자가 흰 옷 아래로 하얀 다리를 드러내놓고 일광욕을 한다. 한나절이 기울도록 가슴을 앓는다는 이 여자를 찾아오는 이, 나비 한 마리도 없다. 슬프지도 않은 살구나무 가지에는 바람조차 없다.

    나도 모를 아픔을 오래 참다 처음으로 이곳에 찾아왔다. 그러나 나의 늙은 의사는 젊은이의 병을 모른다. 나한테는 병이 없다고 한다. 이 지나친 시련, 이 지나친 피로, 나는 성내서는 안 된다.

    여자는 자리에서 일어나 옷깃을 여미고 화단에서 금잔화 한 포기를 따 가슴에 꽂고 병실 안으로 사라진다. 나는 그 여자의 건강이 ― 아니 내 건강도 속히 회복되기를 바라며 그가 누웠던 자리에 누워본다.

_ 1940. 12월.

장미 병들어

장미 병들어
옮겨놓을 이웃이 없도다.

달랑달랑 외로이
황마차 태워 산에 보낼거나

뚜—구슬피
화륜선 태워 대양에 보낼거나.

프로펠러 소리 요란히
비행기 태워 성층권에 보낼거나

이것저것
다 그만두고

자라가는 아들이 꿈을 깨기 전,
이 내 가슴에 묻어다오.

_ 1939. 9월.

간판 없는 거리

정거장 플랫폼에
내렸을 때 아무도 없어,

다들 손님들뿐,
손님 같은 사람들뿐,

집집마다 간판이 없어
집 찾을 근심이 없어

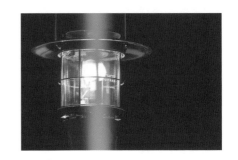

빨갛게
파랗게
불붙는 문자도 없어

모퉁이마다
자애로운 헌 와사등에
불을 켜 놓고,

손목을 잡으면
다들, 어진 사람들
다들, 어진 사람들

봄, 여름, 가을, 겨울,
순서로 돌아들고.

_ 1941년.

길

잃어버렸습니다.
무얼 어디다 잃었는지 몰라
두 손이 주머니를 더듬어
길에 나아갑니다.

돌과 돌과 돌이 끝없이 연달아
길은 돌담을 끼고 갑니다.

담은 쇠문을 굳게 닫아
길 위에 긴 그림자를 드리우고

길은 아침에서 저녁으로
저녁에서 아침으로 통했습니다.

돌담을 더듬어 눈물짓다
쳐다보면 하늘은 부끄럽게 푸릅니다.

풀 한 포기 없는 이 길을 걷는 것은
담 저쪽에 내가 남아 있는 까닭이고,

내가 사는 것은, 다만,
잃은 것을 찾는 까닭입니다.

_ 1941. 9. 31.

흰 그림자

황혼이 짙어지는 길모금에서
하루 종일 시든 귀를 가만히 기울이면
땅검의 옮겨지는 발자취 소리,

발자취 소리를 들을 수 있도록
나는 총명했던가요.

이제 어리석게도 모든 것을 깨달은 다음
오래 마음 깊은 속에
괴로워하던 수많은 나를
하나, 둘 제 고장으로 돌려보내면
거리 모퉁이 어둠 속으로
소리 없이 사라지는 흰 그림자,

흰 그림자들
연연히 사랑하던 흰 그림자들,

내 모든 것을 돌려보낸 뒤
허전히 뒷골목을 돌아
황혼처럼 물드는 내 방으로 돌아오면

신념이 깊은 의젓한 양처럼
하루 종일 시름없이 풀포기나 뜯자.

_ 1942. 4. 14.

윤동주의 시 중 최초로 활자화된 시<공상>
시가 실린 학우지 표지

동주
1941. 5. 4.

동주
1941. 10.

尹 東 柱
1940. 4.

東柱
1942. 2. 2.

윤동주의 생전 서명

용정중학교 윤동주 시비(중국 지린성 옌지시)

독립기념관 윤동주 애국시비

죽는 날까지
하늘을 우러러
한 점 부끄럼이
없기를

태초의 아침

봄날 아침도 아니고
여름, 가을, 겨울,
그런 날 아침도 아닌 아침에

빨 —— 간 꽃이 피어났네,
햇빛이 푸른데,

그 전날 밤에
그 전날 밤에
모든 것이 마련되었네.

사랑은 뱀과 함께
독은 어린 꽃과 함께

_ 1941. 5. 31.(추정)

햇빛·바람

손가락에 침 발라
쏘 —ㄱ, 쏙, 쏙
장에 가는 엄마 내다보려
문풍지를
쏘 —ㄱ, 쏙, 쏙

아침에 햇빛이 반짝,

손가락에 침 발라
쏘 —ㄱ, 쏙, 쏙
장에 가신 엄마 돌아오나
문풍지를
쏘 —ㄱ, 쏙, 쏙

저녁에 바람이 솔솔.

_ 1938년. (추정)

창공

그 여름날,
열정의 포플러는,
오려는 창공의 푸른 젖가슴을
어루만지려
팔을 펼쳐 흔들거렸다.
끓는 태양 그늘 좁다란 지점에서.

천막 같은 하늘 밑에서,
떠들던 소나기,
그리고 번개를,
춤추던 구름은 이끌고,
남방(南方)으로 도망가고,
높다랗게 창공은, 한 폭으로
가지 위에 퍼지고,
둥근달과 기러기를 불러왔다.

푸드른 어린 마음이 이상에 타고,
그의 동경(憧憬)의 날 가을에
조락의 눈물을 비웃다.

_ 1935. 10. 20.

참회록

파란 녹이 낀 구리 거울 속에
내 얼굴이 남아 있는 것은
어느 왕조의 유물이기에
이다지도 욕될까.

나는 나의 참회의 글을 한 줄에 줄이자.
── 만 이십사 년 일 개월을
　　무슨 기쁨을 바라 살아왔던가

내일이나 모레나 그 어느 즐거운 날에
나는 또 한 줄의 참회록을 써야 한다.
── 그때 그 젊은 나이에
　　왜 그런 부끄런 고백을 했던가.

밤이면 밤마다 나의 거울을
손바닥으로 발바닥으로 닦아보자.

그러면 어느 운석(隕石) 밑으로 홀로 걸어가는
슬픈 사람의 뒷모양이
거울 속에 나타나 온다.

_ 1942. 1. 24.

새벽이 올 때까지

다들 죽어 가는 사람들에게
검은 옷을 입히시오.

다들 살아가는 사람들에게
흰옷을 입히시오.

그리고 한 침대에
가지런히 잠을 재우시오

다들 울거들랑
젖을 먹이시오

이제 새벽이 오면
나팔소리 들려올 게외다.

_1941. 5월.

흐르는 거리

으스름히 안개가 흐른다. 거리가 흘러간다.

저 전차, 자동차, 모든 바퀴가 어디로 흘리워 가는 것일까? 정박할 아무 항구도 없이, 가련한 많은 사람들을 싣고서, 안개 속에 잠긴 거리는,

거리 모퉁이 붉은 포스트 상자를 붙잡고, 섰을라면 모든 것이 흐르는 속에 어렴풋이 빛나는 가로등, 꺼지지 않는 것은 무슨 상징일까? 사랑하는 동무 박이여! 그리고 김이여! 자네들은 지금 어디 있는가? 끝없이 안개가 흐르는데,

"새로운 날 아침 우리 다시 정답게 손목을 잡아보세" 몇 자 적어 포스트 속에 떨어트리고, 밤을 새워 기다리면 금 휘장에 금단추를 삐였고 거인처럼 찬란히 나타나는 배달부, 아침과 함께 즐거운 내림(來臨),

이 밤을 하염없이 안개가 흐른다.

_1942. 5. 12.

유언

흰한 방에
유언은 소리 없는 입놀림.

—— 바다에 진주 캐러 갔다는 아들
해녀와 사랑을 속삭인다는 맏아들
이 밤에사 돌아오나 내다봐라 ——

평생 외롭던 아버지의 운명(殞命)
감기우는 눈에 슬픔이 어린다.

외딴집에 개가 짖고
휘양찬 달이 문살에 흐르는 밤.

_ 1937. 10. 24.

한난계

싸늘한 대리석 기둥에 모가지를 비틀어 맨 한난계,
문득 들여다볼 수 있는 운명한 오 척 육 촌의 허리 가는 수은주,
마음은 유리관보다 맑소이다.

혈관이 단조로워 신경질인 여론 동물(與論動物),
가끔 분수 같은 냉(冷)침을 억지로 삼키기에,
정력을 낭비합니다.

영하로 손가락질할 수돌네 방처럼 추운 겨울보다
해바라기가 만발할 팔월 교정이 이상(理想)곺소이다.
피 끓을 그날이 ——

어제는 막 소낙비가 퍼붓더니 오늘은 좋은 날씨올시다.
동저고리 바람에 언덕으로, 숲으로 하시구려 ——
이렇게 가만가만 혼자서 귓속 이야기를 하였습니다.
나는 또 내가 모르는 사이에 ——

나는 아마도 진실한 세기의 계절을 따라,
하늘만 보이는 울타리 안을 뛰쳐,
역사 같은 포지션을 지켜야 봅니다.

_ 1937. 7. 1.

서시(序詩)

죽는 날까지 하늘을 우러러
한 점 부끄럼이 없기를,
잎새에 이는 바람에도
나는 괴로워했다.
별을 노래하는 마음으로
모든 죽어가는 것을 사랑해야지
그리고 나한테 주어진 길을
걸어가야겠다.

오늘 밤에도 별이 바람에 스치운다.

_ 1941. 11. 20.

* 유고시집 『하늘과 바람과 별과 詩』의 머리말[序]에 해당하는 글로 원작에는 제목이 없다.

거리에서

달밤의 거리
광풍이 휘날리는
북국의 거리
도시의 진주
전등 밑을 헤엄치는,
쪼그만 인어 나.
달과 전등에 비쳐
한 몸에 둘셋의 그림자,
커졌다 작아졌다,

괴롬의 거리
회색빛 밤거리를
걷고 있는 이 마음,
선풍이 일고 있네.
외로우면서도
한 갈피 두 갈피,
피어나는 마음의 그림자,
푸른 공상(空想)이
높아졌다 낮아졌다.

_1935. 1. 18.

산골 물

괴로운 사람아 괴로운 사람아
옷자락 물결 속에서도
가슴속 깊이 돌돌 샘물이 흘러
이 밤을 더불어 말할 이 없도다.
거리의 소음과 노래 부를 수 없도다.
그신 듯이 냇가에 앉았으니
사랑과 일을 거리에 맡기고
가만히 가만히
바다로 가자.
바다로 가자.

_ 1939. 9월. (추정)

산상(山上)

거리가 바둑판처럼 보이고,
강물이 배암이 새끼처럼 기는
산 위에까지 왔다.
아직쯤은 사람들이
바둑돌처럼 벌여 있으리라.

한나절의 태양이
함석 지붕에만 비치고,
굼벵이 걸음을 하던 기차가
정거장에 섰다가 검은 내를 토하고
또, 걸음발을 탄다.

텐트 같은 하늘이 무너져
이 거리를 덮을까 궁금하면서
좀더 높은 데로 올라가고 싶다.

_ 1936. 5월.

눈 감고 간다

태양을 사모하는 아이들아
별을 사랑하는 아이들아

밤이 어두웠는데
눈 감고 가거라.

가진 바 씨앗을
뿌리면서 가거라

발부리에 돌이 채이거든
감았던 눈을 와짝 떠라.

_ 1941. 5. 31.

사랑스런 추억

봄이 오던 아침, 서울 어느 쪼그만 정거장에서
희망과 사랑처럼 기차를 기다려,

나는 플랫폼에 간신(艱辛)한 그림자를 떨어뜨리고,
담배를 피웠다.

내 그림자는 담배 연기 그림자를 날리고,
비둘기 한 떼가 부끄러울 것도 없이
나래 속을 속, 속, 햇빛에 비춰, 날았다.

기차는 아무 새로운 소식도 없이
나를 멀리 실어다주어,

봄은 다 가고 ─ 동경(東京) 교외 어느 조용한 하숙방에서, 옛 거리에 남은 나를
희망과 사랑처럼 그리워한다.

오늘도 기차는 몇 번이나 무의미하게 지나가고,

오늘도 나는 누구를 기다려 정거장 가까운
언덕에서 서성거릴 게다.

─ 아아 젊음은 오래 거기 남아 있거라.

_1942. 5. 13.

자화상

산모퉁이를 돌아 논가 외딴 우물을 홀로 찾아가선 가만히 들여다봅니다.

우물 속에는 달이 밝고 구름이 흐르고 하늘이 펼치고 파아란 바람이 불고 가을이 있습니다.

그리고 한 사나이가 있습니다.
어쩐지 그 사나이가 미워져 돌아갑니다.

돌아가다 생각하니 그 사나이가 가엾어집니다. 도로 가 들여다보니 사나이는 그대로 있습니다.

다시 그 사나이가 미워져 돌아갑니다.
돌아가다 생각하니 그 사나이가 그리워집니다.

우물 속에는 달이 밝고 구름이 흐르고 하늘이 펼치고 파아란 바람이 불고 가을이 있고 추억처럼 사나이가 있습니다.

_ 1939. 9월.